PARIS VENDU

En 1589

OU DISCOURS DES

TRAHISONS, PERFIDIES ET DESLOYAUTEZ DES

POLITIQUES DE PARIS

QUI AVOYENT VENDU LADICTE VILLE

A HENRY DE BOURBON

Chef des heretiques de France

Avec le Discours des

CRUAUTEZ, VIOLEMENS ET SACRILEGES QU'IL A COMMIS
ÈS FAUXBOURGS DE SAINCT GERMAIN, SAINCT JAQUES ET
SAINCT MARCEAU

Réimprimé d'après le seul exemplaire connu, avec préface
notes historiques et éclaircissements, par

ÉDOUARD TRICOTEL

PARIS

A. CLAUDIN, ÉDITEUR

3, rue Guénégaud, 3

M.DCCC.LXXVI

Grace à l'obligeance de M. A. Claudin, qui a bien voulu nous communiquer une copie manuscrite du *Discours des trahisons des Politiques de Paris*, nous pouvons réimprimer un des plus curieux et des plus rares pamphlets qui aient paru du temps de la Ligue, à cette époque si intéressante et si peu connue de notre histoire.

Cet opuscule forme un petit in-8, de 16 pages intitulé : *Discours des trahisons, perfidies et desloyautez des Politiques de Paris, qui avoyent vendu ladicte ville à Henry de Bourbon, chef des heretiques de France, ennemy juré de nostre saincte foy catholique, avec le discours des cruautez, violemens et sacrileges qu'il a commis ès fauxbourgs de Sainct Germain, Sainct Jaques et Sainct Marceau, par l'intel-*

*ligence qu'il avoit avec lesdicts Politiques, qui
ont esté executez et punis durant le mois de
novembre 1589. Psalmus III. Non timebo
millia populi circumdantis me. Exurge, Domine, salvum me fac, Deus meus. Quoniam
tu percussisti omnes adversantes mihi sine
causa, dentes peccatorum contrivisti. Sur la copie imprimée à Paris, à Lyon, par Loys Tantillon, avec permission, 1589.*

Non seulement ce pamphlet est d'une grande
rareté (on ne le trouve pas indiqué dans le
Catalogue de l'Histoire de France de la Bibliothèque Nationale), mais ce qui vaut mieux, il
renferme les détails les plus circonstanciés sur
ce qui se passa à Paris, après la prise des Faubourgs par Henri IV (1er novembre 1589).

Les renseignements fournis par l'écrivain
ligueur, sont excessivement importants : ils
complètent d'une manière utile la série de faits
analogues que relate et rapporte le *Journal de
Henri IV* du chroniqueur contemporain Pierre
de Lestoile.

Nulle part on ne voit mieux que dans notre
opuscule, à quel point le séjour de Paris of-

frait peu de sécurité aux partisans du Béarnais.
La tyrannie des Seize ne connaissait plus de
bornes : les arrestations arbitraires, les sup-
plices sans jugement se succédaient de jour en
jour. Oudin Crucé envahissait, avec sa bande,
les prisons du Petit-Châtelet, poignardait les
citoyens suspects de royalisme qui y étaient
détenus, et les jetait à la rivière sans forme ni
figure de procès. Ces exécutions (est-il besoin
de le dire ?) ne soulèvent aucune protestation
de la part de l'auteur qui les raconte; loin de
là, il les loue, il les approuve nettement, éner-
giquement.

« Monseigneur de Mayenne (lisons-nous
« dans ce pamphlet), estant arrivé le lendemain
« (2 novembre 1589), et ayant donné ordre à
« la seureté de ladicte ville, decerna lettres de
« commission à messieurs de Parlement pour
« faire le procez aux coulpables. Et le samedy
« suyvant furent executez le quaternier susdict,
« le lieutenant du guet, et un nommé Fremin
« Carré qui demeuroit près S. Sauveur, les-
« quels furent penduz en Greve. Ce mesme
« jour quelques uns de la compaignie de Mon-

« sieur Crucé entrarent *(sic)* au Petit Chastelet,
« et en ayant poignardé quelques uns, les trai-
« narent *(sic)* à la riviere. Le mecredy *(sic)* suy-
« vant, il y en eut dix-sept qui finirent leurs
« jours aux Halles pour la trahison susdicte,
« entre lesquels estoit Monsieur Courtois, mar-
« chand de soye, qui en accusa quelques uns,
« lesquels estans convaincuz, furent punis de
« pareil supplice.

« Monsieur Cotteblanche qui estoit esche-
« vin, fut prins par soupçon : et convaincu par
« tesmoings ne voulut rien confesser, encores
« qu'il eust esté appliqué à la question qu'il
« soustint; enfin, condamné à estre pendu,
« ayant esté exhorté, il confessa sur l'eschelle
« qu'il estoit un des principaux autheurs, et
« en defera quelques quarante qui furent saisis,
« trente desquels furent executez le mardy et
« samedy d'après la Sainct Martin, et les autres
« dix furent noyez la nuict suivante. Monsieur
« de Blanc Mesnil est prisonnier, qui n'en at-
« tend pas moins que les autres. »

Tout ceci paraît fort exact, sauf toutefois ce
qui est dit de l'échevin Cotteblanche. Cotte-

blanche ne fut point pendu en place de Grève,
comme l'avance à tort notre relation ligueuse,
car il vivait encore le 28 novembre 1589. Ce
qui le prouve, c'est la requête signée de lui et
des autres échevins, et adressée, à cette date,
aux membres du Parlement de Paris, chargés
d'instruire le procès du président Blancmesnil.
Cette requête nous a été conservée par Félibien
dans son *Histoire de la ville de Paris*, 1725,
5 volumes in-folio. Nous la reproduisons à
notre tour d'après cet excellent livre (tome V,
p. 465-466).

« REQUESTE PAR LAQUELLE LA VILLE DE PARIS
« DEMANDE D'ESTRE REÇUE A SE RENDRE PARTIE
« CONTRE LE PRÉSIDENT DE BLANCMESNIL

« *A Messieurs les juges deleguez par Monseigneur*
« *le duc du Mayne, lieutenant general de l'estat*
« *royal et couronne de France.*

« Supplient humblement les prevost des mar-
« chands et eschevins de la ville de Paris, disant
« que c'est chose toute commune que Henry de
« Bourbon, s'acheminant de Dieppe en Touraine,

« a esté appellé en ceste ville, par les conspirations
« d'aucuns traistres et perfides à leur patrie; ce qui
« a esté cause des cruautez et meurtres inhumains
« de plusieurs bons et notables bourgeois de cette
« ville, la prise et captivité de plusieurs autres,
« dont les uns ont esté delivrez en payant rançon,
« et les autres sont contre le droit des gens retenus,
« encore qu'ils ayent payé tout ce qu'on leur a
« demandé; tellement que, outre la mort de ceux
« qui ont esté misérablement tuez sur le champ
« et de ceux qui sont depuis decedez de leurs
« playes, et outre encore les pertes que reçoivent
« ceux desquels pour la cruauté de leurs playes la
« ville est demeurée grandement affoiblie de deniers,
« et les ennemis plus forts et audacieux, de toutes
« lesquelles pertes sont tenus Monsieur Potier, con-
« seiller et président en la Cour de Parlement, ses
« alliez et complices, tant prisonniers que fugitifs.

« Ce considéré, il vous plaise recevoir lesdits
« suppliants à se rendre parties civiles ez procez
« criminels qui sont commencez à l'encontre desdits
« accusez et en iceux prendre telles conclusions
« qu'ils verront estre à faire par raison; et à cette
« fin et, pour continuer les poursuites encommen-

« cées, ordonner que l'estat dudit procez leur sera

« communiqué. Et vous ferez bien.

« Signé : MARTEAU, ROLLAND, COTTEBLANCHE et

« DESPREZ; *et par eux presenté le 28 jour de no-*

« *vembre* 1589. »

DISCOURS DES

TRAHISONS, PERFIDIES

ET DESLOYAUTEZ DES

POLITIQUES DE PARIS

QUI AVOYENT VENDU LADICTE VILLE

A HENRY DE BOURBON

Chef des Heretiques de France
Ennemy juré de nostre Saincte Foy Catholique

Avec le Discours des

CRUAUTEZ, VIOLEMENS ET SACRILEGES QU'IL A COMMIS
ÈS FAUXBOURGS DE SAINCT GERMAIN, SAINCT JAQUES ET
SAINCT MARCEAU

Par l'intelligence qu'il avoit avec lesdicts politiques
qui ont esté executez et punis durant
le mois de novembre 1589

———

PSALMUS III

*Non timebo millia populi circumdantis me. Exurge
Domine, salvum me fac, Deus meus.*

*Quoniam tu percussisti omnes adversantes mihi sine
causa : dentes peccatorum contrivisti.*

Sur la copie imprimée A PARIS

A LYON

Par Loys TANTILLON

——

Avec Permission

1589

TRAHISON

descouverte des

POLITIQUES DE PARIS

Eux qui auront leu et meurement consideré les anciennes mœurs des François, et combien ils ont eu en haine la perfidie et desloyauté, s'estonneront de voir l'estat où ce miserable Royaume a esté reduit depuis le progrez et advancement de l'heresie, et bannissement de la foy conservatrice de toute société humaine. Mais d'autre part ils considereront les symptomes, les excez, et accidens de la maladie de

France, et cognoistront les beaux fruicts que nous a apporté ceste maudite et malheureuse secte de Calvin (1), qui a renversé les plus beaux fondements de ceste Monarchie, a planté l'Atheisme aux quatre coings de la France, et allumé la torche de toute corruption en toutes les parties de cest Estat : a mis les François en tel estat, que la pluspart ont mieux aymé les potages d'Egypte que la Manne savoureuse du désert. Les exemples ne nous manquent point, et pleust à Dieu que nous n'en eussions pas tant. La discipline de l'Eglise Gallicane s'en va par terre ; ceux qui devoyent exposer leur vie pour sa manutention, ce sont ceux qui la trahissent. Les Evesques du Mans (2), de Paris (3), de Langres (4), sont les vrais Coryphées de ceux qui (comme Judas) se sont par leurs déportemens, separez du college Apostolique ; et ny les massacres (5) et emprisonnemens de Blois (6), ny le siége d'Orléans (7), ny l'union (8) de feu Henry de Valois avec le Biarnois, ny la bulle de nostre sainct Pere (9), ny la mort du Tyran (10), ny la rançon qu'on a fait payer à Monsieur l'Archevesque de Lyon (11), ny les

deportemens des Cardinaux de Vandosme (12)
et de Lenoncourt (13), ny la captivité de nostre
Roy (14), détenu en prison par les heretiques,
ne les ont peu ranger au bon party : qui monstre bien qu'ils sont enflez du vent de la Cour,
par les promesses du Biarnois, et qu'il ne
tiendra pas à eux que nous ne soyons reduits
souz la tyrannie des heretiques. Et de faict,
l'Evesque du Mans (15) sorty de la maison des
Rambouilletz (16), infectée d'heresie, il y a
plus de quarante ans, en est là logé que par
une sienne lettre, depuis peu de jours publiée (17), il est d'avis que nous laissions
faire aux heretiques sans nous opposer à eux.
Et l'Evesque de Valence (18) qui a depuis
peu par le moyen du grand barbu du Passage (19) faict chasser de Valence les Jesuites
de Tournon, par ce qu'ils annonçoyent libre-
ment la vérité, et animoyent le peuple à la
defense de la foy Catholique. De sorte que
l'Eglise peut bien dire ce qui est escrit au
Psalme 40 : *Et enim homo pacis meæ in quo
speravi, qui edebat panes meos, magnificavit
super me supplantationem* (20). La noblesse, non

point la vraye noblesse, mais les courtisans ca-
binalistes et couppejarretz du tyran dernier
mort, lesquels ressemblans un Prothée (21),
duquel les poëtes anciens ont parlé, se chan-
gent en diverses formes, et se tournent tous-
jours au gré des plus grands, s'estans masquez
de nouvelles faces, et au mespris de la religion
catholique se sont abandonnez au service du
Biarnois, et ont faict les entreprises que chacun sçait.

Nostre saincte Union a eu de puissans ennemis, et composez des trois estats de ce Royaume.
Et tous ceux qui nous ont faict la guerre ou-
vertement ou à couvert, n'ont eu autre but de
leurs desseins que l'ambition : et les plus sce-
lerats ont pensé d'eschaper la recherche que
l'on eust peu faire de leurs larrecins, pilleries
et concussions : telle maniere de gens ont fait
leurs affaires, et ont remply leurs bourses parmy noz plus grands malheurs. Et leurs mau-
vais conseils ont eu tant de force, qu'ils ont
esté bastans pour mettre ce royaume en com-
bustion, parmy laquelle ils ont eschappé les
mains de justice pour la punition de leurs

crimes. Henry de Valois au commencement des Estatz (22) fit peur aux partisans, aux mange-peuples, à d'Espernon (23), à Biron (24), à Do (25), aux Rambouilletz (26), et au Mareschal d'Aumont (27), mais après les massacres, il les r'appella. Et alors qu'il disoit avoir grande necessité d'argent, il achepta pour un de ses Mignons (28) l'estat de grand Escuyer qui lui cousta quatre vingts mille escutz. Les couppe-jarretz furent en credit, et tous les meschants officiers recompensez et salariez. Alors les villes Catholiques commençans à se unir pour la defense de nostre foy, furent grandement troublées par les heretiques et politiques; ceste ville de Paris fut en grand danger par les menées de du Harlay (29) premier Président, et par les artifices de quelques conseillers du Parlement, à quoy fut remédié par les zélez Catholiques, assistez et exhortez par les prédicateurs (30). Lyon fut troublé par les menées de Baillony (31) et ses complices. Roüen (32) estant entré en l'Union, devoit estre surprins le huictiesme de juin dernier par les artifices de Monsieur Petit, conseiller des Comptes (33), et

3

en mesme temps Troyes (34), par les menées
de Sainct Falle (35) et Tinteville (36), et par
l'Espinette Procureur du Roy. Tholose (37)
fut troublée par les trahisons de Duranti premier Président, et par l'Advocat general d'Affis,
lesquels furent justement punis par le peuple
irrité de telles perfidies. Peu après, Senlis (38)
se revolta contre nous par la perfidie de
Toré (39) et d'aucuns habitans de la ville : où
M. d'Aumalle (40) eut du pire. Cela occa-
sionna les deux Henrys de faire venir leur
armée en ces quartiers pour assiéger ceste
ville (41), et de premier abbord, ayans prins
Estampes (42), Pontoise (43), et le Pont Saint-
Cloud (44), la main puissante de Dieu abbatit
Holofernes (45) et fit lever le siege de Paris.
Le Biarnois ayant levé le camp pour aller à
Beauvais fut repoussé, qui le contraignit de venir
à Roüen, mais estant contrainct de se retirer,
vint à Dieppe, où il fut assiegé quelque temps.
Faute de vivres et l'incommodité du temps mal-
propre, contraignit Monseigneur de Mayenne
(46) de desloger pour s'en venir en Picardie,
pour destourner les pilleries, et ravages de la

Noué (47) et de Longueville (48) heretiques, et pour rompre aussi une intelligence que le Biarnois avoit sur Amiens. Cependant que mondict Seigneur estoit empesché à donner ordre aux affaires de Picardie, les traistres Politiques de ceste ville de Paris ne dormoyent pas, mais taschoyent à mettre la ville en proye aux heretiques, et pour y parvenir s'assemblarent en bon nombre à l'hostel de Gondy (49), cependant que l'on attendroit la responce du Biarnois; et furent conduits audict logis secrettement par Monsieur Blanc Mesnil (50), Président, Maistre des requestes, qui avoit une belle apparence exterieure d'estre bon Catholique, deux cens cuyrasses qui sortirent par la porte de Nesle, qui fut ouverte sur les quatre heures du matin du jour de Toussaincts, par le lieutenant du Guet (51) qui estoit de la partie. Le peuple, se doubtant de quelque surprinse, se mit en armes sans commandement, et en faisant la visite fut trouvé chez le quaternier (52) de la rue S. Antoine, un memoire de quelques Politiques, qui avoyent promis de tenir pour le Roy de Navarre, au cas qu'il

peust entrer dans la ville. Ledict quaternier et
ses suppostz estans menez en prison et les Catholiques advertis de ceste malheureuse cons-
piration, se mettent tous en armes ledict jour
de Toussaincts sur les deux heures après midy.
Monseigneur de Nemours (53) estant arrivé
par la porte de S. Denis, donna courage
au peuple, effrayé par ces nouveaux bruits.
Le Biarnois qui avoit fait advancer huict cens
chevaux prez les fauxbourgs, et ayant demeuré
le penultiesme et dernier Octobre audict Hostel
de Gondy, voyant que son entreprinse estoit
descouverte, pilla les faux bourgs S. Germain,
S. Jaques et S. Marceau (54), viola femmes et
filles, sans espargner mesme l'aage de quelques unes, qui furent violées, n'ayant pas à
peine attaint dix ans. Et non content de ce, il
fit piller les Eglises de S. Suplice (55), Nostre
Dame des Champs, S. Marceau et S. Medard,
où furent faictes les plus grandes ruines et de-
solations dont l'on ayt point ouy parler. Et
l'on estime que tout ce qu'il a prins ausdits
fauxbourgs, [s'est] monté de six à sept cens mille
escuz. Il y a eu beaucoup de pauvres Catho-

liques tuez, principalement des religieux des
Jacobins, le prieur (56) desquels il a prins prisonnier avec quelques autres. Les trouppes de
Monseigneur de Mayenne s'advançans en dili-
gence, furent cause de le faire despartir soudain, occasion qu'il ne peut pas entrer dans les
Chartreux, ny dans S. Germain comme il
avoit delibéré.

Monseigneur de Mayenne estant arrivé le
lendemain (57), et ayant donné ordre à la seureté de ladicte ville, decerna lettres de commission à Messieurs de Parlement, pour faire le
procez aux coulpables. Et le samedy suyvant
furent executez le quaternier susdict, le lieutenant du Guet, et un nommé Fremin Carré,
qui demeuroit près S. Sauveur, lesquels furent
penduz en Greve. Ce mesme jour, quelques-
uns de la compaignie de monsieur Crucé (58)
entrarent au petit Chastelet, et en ayant poignardé quelques uns, les trainarent à la riviere.
Le Mercredy suyvant, il y en eut dix-sept qui
finirent leurs jours aux Halles pour la trahison
susdicte, entre lesquels estoit monsieur Courtois, marchand de soye, qui en accusa quel-

ques uns, lesquels estans convaincuz, furent
punis de pareil supplice.

Monsieur Cotteblanche (59) qui estoit Es-
chevin, fut prins par soupçon : et convaincu
par tesmoings, ne voulut rien confesser, encores qu'il eust esté appliqué à la question,
qu'il soustint ; en fin, condamné à estre pendu,
ayant esté exhorté, il confessa sur l'eschelle
qu'il estoit des principaux autheurs, et en defera quelques quarante qui furent saisis, trente
desquels furent executez le mardy et samedy
d'après la sainct Martin (60), et les autres dix
furent noyez la nuict suyvante. Monsieur de
Blanc Mesnil (61) est prisonnier, qui n'en at-
tend pas moins que les autres.

Voyla en somme les executions qui se sont
faictes publiquement sur les traistres Politiques, ennemis de Dieu, et de leur patrie. Quelques uns ont esté tuez par les Catholiques, justement esmuez et irritez contre les traistres
qui sont cause de la ruine des fauxbourgs. Tous
les jours l'on met[1] en prison de nouveaux

---

[1] La copie manuscrite que nous avons sous les yeux
porte : *l'on en met* ; ce doit être une faute.

accusez. C'est une chose merveilleuse que ceste
ville composée de tant d'humeurs ayt peu estre
conservée, veu les ennemys qu'elle avoyt de-
hors et dedans, et principalement ceux en qui
les Catholiques se reposoyent entierement.
Mais l'ambition leur avoit tellement bandé les
yeux que, voulant ruiner ceste ville très-Catho-
lique, et ayant deliberé de faire mourir cruel-
lement les pauvres innocens, en punition de
ce, Dieu a permis qu'ils ont fait une monstre
generale sur un eschaffaut, qui est ordinaire-
ment la recompense que meritent les traistres
à Dieu et à leur patrie.

NOTES & ÉCLAIRCISSEMENTS

(1) Jean Calvin, né à Noyon, le 10 juillet 1509, mort le 27 mai 1564, à l'âge de 54 ans et 10 mois. Voyez sur lui l'intéressant article que lui a consacré Bayle dans son *Dictionnaire historique*, la *France protestante*, de Haag, 1846-1859, 10 vol. in-8, t. III, p. 109-162, et le livre de M. Sayous : *Études littéraires sur les écrivains français de la Réformation*, Paris, Cherbuliez, 1854, 2 vol. in-12, t. Ier, p. 67-180.

(2) Claude d'Angennes de Rambouillet, évêque du Mans, né à Rambouillet, le 26 août 1538, mort le 15 mai 1601. Voyez sur ce prélat, Antoine Le Corvaisier, *Histoire des evesques du Mans*, Paris, Sébastien Cramoisy, 1648, in-4, p. 858-871 ; Dom Jean Bondonnet, *les Vies des evesques du Mans*, Paris, Edme Martin, 1651, in-4, p. 680-689.

Citons ici un sonnet contre l'évêque du Mans

qui nous a été conservé par Lestoile ; il est daté
de 1588 et *inédit* (*Journal de Henri III,* Ms. ori-
ginal, feuillet 396) :

Miserable prelat, que l'esperance vaine
D'un peu de vent de court a tellement perdu,
Que pour complaire aux grands Jésus-Christ est vendu
Et trahi et livré par ta bouche inhumaine.

Hélas ! quelle fureur t'a saisi et te maine
Que l'ennemi de Dieu, qui a tout confondu,
Tout destruit, tout gasté, si cher te soit rendu,
Que tu presches sa paix, voiant sa mort prochaine !

Foible roseau de court, branlant sous la faveur,
Qui n'a d'un vrai chrestien le goust ne la saveur,
Aimes tu donc ceux là que Dieu veult qu'on deteste ?

O malheureux François, vivans sous tels pasteurs,
S'il y a rien ça bas qui cause vos malheurs,
C'est de ne les haïr comme infernale peste.

(3) L'évêque de Paris était Pierre de Gondi, né
en 1533, mort le 17 février 1616.

(4) Charles de Perusse d'Escars, évêque de Langres, mort en 1614.

(5) Les massacres de Blois sont du 23 et 24 décembre 1588. Henri, duc de Guise, et Louis de
Lorraine, cardinal de Guise, les deux victimes de
ce guet-apens, étaient nés, le premier, le 31 décembre 1550, et le second, le 6 juillet 1555. —

Voyez sur les massacres de Blois : Lestoile, *Journal de Henri III*, édition de M. Champollion, p. 267-269; Estienne Pasquier, Lettres v et vi du livre XIII, dans l'édition d'Amsterdam, 1723, 2 vol. in-f°, t. II, colonne 365-376; Palma Cayet, *Chronologie novenaire*, Introduction, édition du Panthéon littéraire, t. Iᵉʳ, p. 82-87; de Thou, *Histoire universelle*, traduction française, édition de 1734, in-4, t. X, p. 449-479 (liv. 93); Mézeray, *Histoire de France sous le règne de Henri III*, Alais, 1844-1846, 3 vol. in-8, t. III, p. 209-247; René de Bouillé, *Histoire des duc de Guise*, Paris, Amyot, 1849-1850, 4 vol. in-8, t. III, p. 301-327, et la *Relation de la mort de MM. le duc et cardinal de Guise, par le sieur Miron, médecin du roy Henri III* (dans le *Journal de Henri III*, édition Champollion, p. 332-341).

(6) Les principaux personnages arrêtés à Blois étaient l'archevêque de Lyon (Pierre d'Espinac), le cardinal de Bourbon, madame de Nemours (Anne d'Este), madame d'Aumale (Marie de Lorraine), le duc de Nemours, le duc d'Elbeuf, le prince de Joinville (fils du Balafré), le président de Nully, La Chapelle-Marteau, prevôt des marchands, Compans et Cotteblanche, échevins de Paris.

(7) Le siége d'Orléans, dont la Ligue s'était emparée aussitôt après l'assassinat du duc de Guise, est du mois de janvier 1589; le maréchal d'Aumont fut contraint de le lever à l'approche du duc de

Mayenne. « M. le mareschal d'Aumont, avec la noblesse qui estoit lors à la cour, le regiment des
gardes et celuy des Suisses de Galatis, avoient esté
envoyés par le roy pour soustenir le sieur d'Antragues, qui estoit pour lors dans la citadelle
d'Orléans, laquelle n'estoit guères qu'un portail.
Ledict sieur d'Antragues avoit promis au roy de la
tenir un mois contre les habitans, mais ils se bar-
ricaderent tellement et remplirent si soudain une
eglise pleine de terre, proche de ladicte citadelle,
dans laquelle ils mirent leur canon, qu'en peu de
jours ils le firent tirer si rudement qu'ils foudro-
yerent et abattirent à coups de canon tout ce qui
paroissoit de ceste citadelle, du costé de leur ville
jusques aux casemates. Ledict sieur mareschal, sça-
chant que M. de Mayenne venoit droict à Orléans,
fit retirer ses troupes à Boisgency et à Meun le dernier jour de janvier, et par ce moyen, le reste de la
citadelle fut laissé à la discretion des habitans d'Orléans. » (Palma Cayet, *Chronologie novenaire*, édition citée, liv. Iᵉʳ, p. 101 et 102.) — Voyez sur ce
siége : de Thou, liv. XCIV, édition in-4, t. X,
p. 508 ; Mezeray, *Histoire de France sous le règne
de Henri III*, t. III, p. 275 et 276.

(8) Il s'agit ici de la trève conclue, en avril 1589,
entre Henri III et le roi de Navarre (Henri IV) ;
l'entrevue du Béarnais et de Henri III eut lieu au
château de Plessis lez Tours, le 30 avril même
année. Voyez Lestoile, *Journal de Henri III*, édi-

tion citée, p. 291 ; Palma Cayet, *Chronologie novenaire*, liv. Ier, t. Ier, p. 129, 130-133, 135 et 136 ; de Thou, liv. XCV, t. X, p. 589-594, 618-622.

Quant à l'expression de *Biarnois*, dont se servaient les Ligueurs en parlant du roi de Navarre, c'était dans leur bouche une injure et un outrage. Louis Dorléans a employé cette qualification dans un sonnet contre le roi de Navarre, qui figure à la page 60 du violent libelle intitulé : *Advertissement des catholiques anglois aux François catholiques, du danger où ils sont de perdre leur religion, et d'experimenter comme en Angleterre, la cruauté des ministres, s'ils reçoivent un Roy qui soit heretique,* 1586, in-8 de 133 pages, sous la signature : A-Iiiij.

Il fait bien le renard, ce prince Biarnois,
Il desire estre instruict. O la belle finesse !
On luy a conseillé pour abolir la messe
Qu'il faut dissimuler et faire le matois.

Il pense estre desjà monarque des François :
Tous les freres en Christ en sautent d'allegresse.
Il dit qu'on luy a faict une grande promesse,
Et que toute la cour luy donnera sa voix.

Mornay [1] *se promet bien qu'il sera chancelier,*
Et Marmet de manger à quelque ratelier,
Digne de l'animal que chacun jour il pense.

[1] *Mornay est chancelier et Marmet est ministre du roy de Navarre.* (Note de Dorléans.)

Mais oyez, Huguenots, oyez vostre malheur :
Que qui n'espousera la messe de bon cœur,
Jamais n'espousera la couronne de France.

(9) La bulle du pape Sixte V contre Henri III est
datée de Rome, 5 mai 1589; elle fut publiée à
Meaux, le 23 juin de la même année. Elle parut à
la fois en latin et en français, sous les titres suivants : *Bulla S. D. N. Sixti Papæ V contra Hen-*
ricum III. Parisiis, apud Nicolaum Nivellium, via
Jacobæa, sub signo Columnarum et apud Rolinum
Thierry, via Anglicana, prope forum Mauberti
MDLXXXIX (1589) cum privilegio, in-8 de
23 pages. — *Bulle de N. S. P. Pape Sixte V,*
contre Henry de Valois. A Paris, chez Nicolas
Nivelle, rue S. Jaques, aux deux colomnes, et
Rolin Thierry, rue des Anglois, près la place Mau-
bert, libraire et imprimeur de la Saincte Union,
MDLXXXIX(1589), avec privilege, in-8 de 23 pages.
— Voyez ce que dit de cette bulle, Mézeray, *His-*
toire de France sous Henry III, t. III, p. 362-365.

(10) Henri III, assassiné par Jacques Clément, le
1er août 1589; il mourut de ses blessures le lendemain mercredi 2 août. Il était né à Fontainebleau
le 20 septembre 1551 (Peignot le fait naître le 19),
et n'avait pas encore 38 ans à l'époque de sa mort.
Voyez Lestoile, *Journal de Henri III*, p. 300-303 ;
Palma Cayet, *Chronologie novenaire*, liv. 1er, p. 159-
171 ; Estienne Pasquier, lettres I et II du liv. XIV,

t. II des *Œuvres,* édition de 1723, in-folio, colonne 409-418 ; de Thou, *Histoire universelle,* liv.
XCVI, t. X, p. 666-680 ; Mézeray, ouvrage cité,
t. III, p. 426-458.

(11) Pierre d'Espinac, archevêque de Lyon, né le
10 mai 1540, mort le 9 janvier 1599. Voyez sur lui
Lestoile, *Journal inédit du règne de Henri IV,*
publié par M. E. Halphen, Paris, 1862, in-8, p. 79 ;
de Thou, *Histoire universelle,* liv. CXXII, t. XIII,
p. 366 et 367 ; Claude Le Laboureur, *Les Maures
de l'abbaye royale de l'Isle Barbe lez Lyon,* Paris,
Jean Couterot, 1681, 2 vol. in-4, t. II, p. 25-65.
Ses mauvaises mœurs l'empêchèrent d'être cardinal. Il vivait, dit-on, plus que familièrement avec
sa sœur : de là ce titre de livre imaginaire que l'on
trouve dans la *Bibliothèque de madame de Montpensier,* curieux et piquant pamphlet de 1587 :
*Traicté singulier de l'inceste par monsieur l'ar-
chevesque de Lyon, imprimé nouvellement et dedié
à madamoiselle de Grisolles sa sœur.*

La *Satyre Ménippée* ne l'a pas épargné non plus,
et a aussi fait allusion aux bruits plus ou moins
fondés qui couraient sur son compte. La *Confession
generale des piliers de la Saincte Union (1590)*
contient à son adresse les deux quatrains suivants :

MONSIEUR DE LYON

*Je suis nay à l'inceste, et dès mon premier aage,
J'ay de ma belle-sœur abusé longuement,*

Puis avecques ma sœur je couche maintenant,
Ayant pour cest effect rompu son mariage.

Toutefois, pere sainct, j'ay grande confiance
Qu'ayant executé ma resolution
D'employer vie et biens pour la Saincte Union,
Le merite est plus grand que n'est grande l'offence.

(12) Charles de Bourbon, cardinal de Vendôme, puis de Bourbon, fils de Louis de Bourbon, prince de Condé. Né en 1562, il mourut le 30 juillet 1594, à Saint-Germain des Prés, dont il était abbé. Voyez sur lui Lestoile, *Journal de Henri IV,* édition de M. Aimé Champollion, p. 242 et 247 ; de Thou, *Histoire,* liv. CX, t. XII, p. 277 et 278, et le *Thuana* dans le *Scaligerana, Thuana, Perroniana,* édition de Des Maizeaux, Amsterdam, 1740, 2 vol. in-12, t. Ier, p. 48-53.

(13) Philippe de Lenoncourt. évêque d'Auxerre et cardinal en 1586. Né en 1527, il mourut à Rome le 13 décembre 1591, à l'âge de 65 ans. On a dit à tort qu'il avait été archevêque de Reims ; cette assertion est formellement démentie par Dom Marlot dans ses deux ouvrages : *Metropolis Remensis historia,* 1666-1679, 2 vol. in-folio, t. II, p. 848 ; *Histoire de la ville de Reims,* 1843-1846, 4 vol. in-4, t. IV, p. 481. On peut consulter sur ce prélat le *Dictionnaire* de Moreri, édition de 1759, 10 vol. in-folio, t. VI, p. 235 et 236 ; le Père Anselme,

Histoire généalogique et chronologique de la mai-
son royale de France, 1726-1733, 9 vol. in-folio,
t. II, p. 380, t. IX, p. 63, et Pierre Frizon, *Gallia*
purpurata, 1638, in-folio, p. 654 et 655.

(14) Charles, cardinal de Bourbon, né le 22 décembre 1523 (M. Ludovic Lalanne dit 1520), mort à
Fontenay-le-Comte, le 8 mai 1590 (et non le 9)
à l'âge de 66 ans et demi. Il fut nommé par la
Ligue roi de France sous le nom de Charles X,
mais ce fut un roi purement nominal, car il passa
tout le temps de sa royauté en prison. — Voyez sur
sa mort Lestoile, *Journal de Henri IV,* p. 16 et 17;
Palma Cayet, *Chronologie novenaire,* liv. II, p. 252
et 253; de Thou, *Histoire,* liv. XCVIII, t. XI,
p. 154 et 155.

(15) Claude d'Angennes de Rambouillet. Voyez
ci-dessus la note 2.

(16) Outre l'évêque du Mans déjà nommé, la fa-
mille des Rambouillets comprenait à cette époque :
Nicolas d'Angennes, seigneur de Rambouillet, am-
bassadeur en Angleterre et capitaine des gardes de
Henri III ; il avait été nommé chevalier de l'ordre
du Saint-Esprit à la promotion du 31 décembre
1580, et vivait encore le 5 février 1611, âgé de
81 ans ; Louis d'Angennes, marquis de Maintenon,
baron de Meslay, chevalier des ordres du roi ; il
était encore vivant le 15 mai 1601, âgé de 65 ans.

5

(17) La lettre de l'évêque du Mans parut en 1589, avec une réponse du fameux Jean Boucher, curé de Saint-Benoit, sous ce titre : *Lettre missive de l'evesque du Mans, avec la responce à icelle faicte au mois de septembre dernier passé, par un docteur en theologie de la faculté de Paris, en laquelle est répondu à ces deux doutes : A sçavoir si on peut suivre en seureté de conscience le party du roy de Navarre et le recognoistre pour roy ; à sçavoir si l'acte de frere Jacques Clement, jacobin, doit estre approuvé en conscience, et s'il est louable ou non.* A Paris, chez Guillaume Chaudiere, rue S.-Jaques, à l'enseigne du Temps et de l'Homme sauvage, MDLXXXIX (1589), avec permission et approbation des docteurs, in-8 de 64 pages.

(18) Charles de Gelas de Léberon, évêque de Valence de 1580 à 1600 (Ludovic Lalanne, *Dictionnaire historique de la France*, Paris, Hachette, 1872, grand in-8 à 2 colonnes, au mot *Valence*, p. 1758). Voyez encore la *Gallia christiana*, t. II, colonne 684, t. XVI, colonnes 335 et 369.

(19) Aymar de Poisieu, seigneur du Passage (Adolphe Rochas, *Biographie du Dauphiné*, 1856-1860, t. II, p. 258-259).

(20) Psaume XL, verset 10.

(21) Protée, dieu marin, fils de Neptune ; il en

est question dans les *Georgiques* de Virgile (épisode d'Aristée) :

> Est in Carpathio Neptuni gurgite vates,
> Cæruleus Proteus.
>   Liv. IV, vers 387 et suiv.

(22) Les États de Blois, ouverts le 16 octobre 1588 ; la dernière séance eut lieu le 17 janvier 1589.

(23) Jean Louis de Nogaret et de La Valette, duc d'Épernon, né en mai 1554, mort à Loches, le 13 janvier 1642, à l'âge de 87 ans. Voyez sur ce favori de Henri III : Brantôme, édition du *Panthéon littéraire*, t. Iᵉʳ, p. 653-657, 689 et 690, et l'ouvrage de son secrétaire Guillaume Girard : *Histoire de la vie du duc d'Espernon*, Paris, Louis Billaine, 1663, 3 vol. in-12 (il y a d'autres éditions de ce livre).

(24) Armand de Gontaut, baron de Biron, maréchal de France, né vers 1524 et tué au siége d'Épernay, en juillet 1592, à l'âge de 68 ans, dit de Thou. Voyez sur ce grand capitaine : de Thou, *Histoire*, liv. CIII, t. XI, p. 490 et 491 ; *Thuana*, edition citée, t. Iᵉʳ, p. 15 et 16 ; Brantome, t. Iᵉʳ, p. 518-529 ; Jean Le Laboureur, *Additions aux Mémoires de Castelnau*, édition de 1731, in-folio, t. II, p. 106-128, et le *Dictionnaire* de Bayle, lettre G.

(25) François d'O, seigneur de Fresnes et de Maillebois, surintendant des finances et gouverneur de Paris et de l'isle de France. Né à Paris en 1535, il

mourut le 24 octobre 1594. « Ce seigneur (dit
Lestoile) surpassa en excès et prodigalités les Rois
et les Princes : car jusques à ses souppers, il se
faisoit servir des tourtes composées de musque et
d'ambre, qui revenoient à vingt-cinq escus. » —
Voyez de Thou, liv. CXI, t. XII, p. 3o3 et 3o4 ;
Lestoile, *Journal de Henri IV,* p. 248 et 249.

(26) Sur les Rambouillets, voyez plus haut notes
2, 15 et 16.

(27) Jean d'Aumont , maréchal de France, né
en 1522, mort le 19 août 1595, d'une blessure reçue
au siége de Comper, près de Rennes : il avait 73 ans.
Lestoile le fait mourir en novembre 1595.—Voyez
sur lui : Lestoile, *Journal de Henri IV,* p. 267 ;
Brantome, t. Ier, p. 534 et 535 ; Palma Cayet, *Chro-*
nologie novenaire, liv. VII, t. II, p. 5o ; de Thou,
liv. CXIII, t. XII, p. 445-447 ; Raoul Bouthrays
(en latin Botereius), *De rebus in Gallia et pene toto*
orbe gestis commentariorum libri XVIII, Parisiis,
è typographia Petri Chevallerii, 1610, 2 vol. in-8,
t. Ier, p. 175 ; le P. Anselme, t. IX, p. 58.

(28) Roger de Saint-Lary et de Termes, depuis
duc de Bellegarde, grand écuyer de France, né à la
fin de 1562, mort le 13 juillet 1646 à l'âge de 83 ans
7 mois et 3 jours. — Voyez sur lui Tallemant des
Reaux, *Historiettes,* édition de M. Paulin Paris,
t. Ier, p. 59-72 ; le P. Anselme, t. VIII, p. 907 ;
Edouard de Barthelemy, *Les grands écuyers et la*

grande écurie de France avant et depuis 1789,
Paris, 1868, in-12, p. 137 et 138, 159-161.

(29) Achille de Harlay, premier président au Parlement de Paris, né en 1536, mort le 23 octobre 1616.
— Voir la généalogie des Harlay dans Tallemant,
t. IV, p. 85-87.

(30) Sur les prédicateurs de Paris, qui attaquèrent
avec une grande violence de langage Henri III et
Henri IV, voyez le beau livre de M. Charles Labitte :
De la démocratie chez les prédicateurs de la Ligue,
Paris, Joubert, 1841, in-8.

(31) Pierre Baillony (en italien *Baglioni*), sieur
de Saillans : il vivait encore en 1596. — Voyez sur
cette tentative de Baillony à Lyon la relation
ligueuse intitulée : *La Rodomontade de Pierre
Baillony. Discours sur une lettre escripte par ledit
Baillony, contenant la trahison malheureuse conspirée par ledit Baillony et ses complices contre la
ville de Lyon, avec la coppie de ladicte lettre,
ensemble le procès-verbal de la recognoissance
d'icelle.* A Lyon, par Jean Pillehotte, 1589, avec
permission, in-8 de 28 pages. Cette pièce a reparu
sous ce titre : *La trahison conspirée par Pierre
Baillony, sieur de Saillans, et ses complices contre
la ville de Lyon, avec la coppie d'une lettre escrite
au sieur de La Guiche, laquelle a esté descouverte
le iij^e may 1589, ensemble le procès-verbal de la
recognoissance d'icelle.* Jouxte la coppie imprimée

à Lyon, et à Paris, chez Denis Binet, MDLXXXIX
(1589), avec privilége, in-8 de 24 pages. La lettre
saisie est adressée au sieur de La Guiche et porte
la date du 9 avril 1589. De Thou, après avoir parlé
des prétendus succès des Ligueurs sur les troupes
royales en Champagne et en Bourgogne, et des dra-
peaux confectionnés par la duchesse de Montpensier, qu'elle fit suspendre comme de véritables
trophées aux voûtes de Notre-Dame, écrit ces lignes
(liv. XCV, t. X, p. 599 et 600) : « Elle (la duchesse)
ajoutoit à tous ces succès la nouvelle d'une conju-
ration nouvellement découverte à Lyon où Pierre
Baglioni de Saillant avoit, disoit-elle, formé le
projet de livrer cette ville à Philibert de La Guiche;
et d'une autre formée ensuite contre la ville de
Rouen, que quelques serviteurs du Roi avoient
resolu de remettre au duc de Montpensier, à son
arrivée dans la province. Les prédicateurs se sur-
passoient, lorsqu'il s'agissoit de débiter ces nouvelles
au peuple; et pour fortifier leurs auditeurs dans
la révolte, ils ne manquoient pas de leur faire
remarquer avec emphase la providence admirable
du Tout-Puissant qui rendoit ainsi inutiles tous
les projets formés par les hérétiques et hypocrites
impies contre les villes de la Sainte Union. »

(32) Rouen se révolta contre l'autorité du Roi et
entra dans l'Union le 19 février 1589.

(33) Sur cette tentative des royalistes pour livrer

Rouen au duc de Montpensier, voyez la pièce ligueuse : *La thraison* (sic) *descouverte des Politiques
de la ville de Rouen, contenant un discours veritable
de ce qui s'est faict et passé en ladicte ville le mercredy
7 et jeudy 8 de ce present mois de juin.* A Paris, pour
Anthoine du Brueil, avec permission, sans date
(1589), in-8 de 13 pages, plus un feuillet blanc. —
Outre le sieur Petit, conseiller à la Chambre des
Comptes, les Ligueurs arrêtèrent comme complices
de cette entreprise les capitaines Polart, Caré et
Pissy, le maître des 3 Saucières, et l'horlogeur de
la Grosse Horloge.

(34) Ce complot royaliste pour surprendre Troyes
et la ramener à l'autorité de Henri III est du Lundi
12 juin 1589. — Voyez sur cette affaire la plaquette
intitulée : *La trahison descouverte des politiques de
la ville de Troyes en Champaigne avec les noms des
capitaines et politiques qui avoient conspiré contre
la Saincte Union des Catholiques.* A Paris, pour Denis
Binet et Anthoine du Brueil, avec permission, sans
date (1589), in-8 de 12 pages, plus 2 feuillets non
chiffrés ; T. Boutiot, *Histoire de la ville de Troyes
et de la Champagne méridionale,* Troyes et Paris,
1870-1874, 4 vol. in-8, t. IV, p. 178.

(35) Georges de Vaudrey, sieur de Saint-Phal,
marquis de Baupreau, bailli de Troyes après la
mort de son père, Anne de Vaudrey (février 1579).

(36) Joachim de Dinteville, gouverneur de Troyes,

mort en 1607. Les écrits contemporains l'appellent toujours *Tinteville*.

(37) Sur la révolte de Toulouse et l'assassinat du président Duranti et de l'avocat général Daffis, consultez les ouvrages ci-après :

Copie d'une lettre envoyée par un advocat de Tholose à un advocat de la cour de Parlement de Paris, contenant ce qui s'est passé depuis le 25 de janvier jusques au 8 de febvrier 1589, avec l'emprisonnement du premier président, grand politique de ladite ville, ensemble l'ordre tenu en l'election d'un nouveau gouvernement. A Paris, chez Pierre Hury, imprimeur, au Mont S. Hylaire, à la Cour d'Albret, MDLXXXIX (1589), avec permission, in-8 de 15 pages (lettre signée des initiales I. P. D.). — *Advertissement particulier et veritable de tout ce qui s'est passé en la ville de Tholose, depuis le massacre et assassinat commis en la personne des princes catholiques, touchant l'emprisonnement et mort du premier president et advocat du Roy d'icelle, que de plusieurs autres choses dignes d'estre remarquées pour le profit et utilité des affaires des bons et vrays catholiques.* A Paris, chez Robert Le Fizelier, rue Sainct Jacques, à la bible d'or, MDLXXXIX (1589), avec permission, in-8 de 24 pages. Cette relation, attribuée à Urbain de Saint-Gelais Lansac, évêque de Comminges, a été réimprimée dans Cimber et Danjou, *Archives curieuses de l'histoire de France*, 1834-1840, 27 vol. in-8°, 1ᵉ série, t. XII,

p. 282-303. — *Narratio fidelis de morte D. D.
Joa. Steph. Duranti, senatus Tolosani principis, et
Jacobi Daffisii, patroni regii.* Parisiis, apud Anto-
nium Mamarellum, MDC (1600), petit in-8° de
31 pages. L'auteur de cette pièce est Antoine Du
May. — *Histoire véritable de ce qui s'est passé à
Tholose en la mort du président Duranti, d'après
deux relations contemporaines, précédée d'une étude
sur la Ligue.* Toulouse, Aug. Abadie, MDCCCLXI
(1861), in-12 de 120 pages.

Voyez encore: Lestoile, *Journal de Henri III,*
p. 289; Palma Cayet, *Chronologie novenaire,* liv. Ier,
t. Ier, p. 112 et 113; De Thou, liv. XCV, t. X,
p. 563-572, et Mézeray, *Histoire de France sous le
règne de Henri III,* t. III, p. 281-287.

L'assassinat de Jean Estienne Duranti, premier
président au parlement de Toulouse, et de Jacques
Daffis, avocat du roi au même parlement, eut lieu
le vendredi 10 février 1589.

(38) La révolte de Senlis contre la Ligue est du
26 avril 1589. — Voyez Lestoile, édition citée,
p. 290 ; Palma Cayet, *Chronologie novenaire,* liv. Ier,
p. 150 ; De Thou, liv. XCV, t. X, p. 599.

(39) Guillaume de Montmorency, seigneur de
Thoré, fils du connétable de Montmorency. On
n'est pas d'accord sur l'époque de sa mort. Les uns
donnent comme date de son décès l'année 1592,
d'autres l'année 1594. — Voyez sur lui Brantôme,

6

édition du *Panthéon littéraire*, t. Ier, p. 341 et 342;
André Duchesne, *Histoire généalogique de la mai-
son de Montmorency*, Paris, Sébastien Cramoisy,
1624, 2 vol. in-folio, t. Ier, p. 464 et 465; Jean Le
Laboureur, *Additions à Castelnau*, édition de 1731,
t. II, p. 748-751.

(40) Charles de Lorraine, duc d'Aumale, l'un des
chefs de la Ligue, né en 1555 (d'autres disent en
1554), mort à Bruxelles en 1631. Il eut effective-
ment du *pire* au siége de Senlis, car il fut battu
sous les murs de cette ville (17 mai 1589) par le
duc de Longueville et François de La Noue. — Sur
cette bataille de Senlis, voyez Lestoile, *Journal de
Henri III,* p. 294 et 295 ; Palma Cayet, *Chronologie
novenaire*, liv. Ier, t. Ier, p. 150-153; De Thou,
Histoire, liv. XCV, t. X, p. 636-640; Mézeray,
ouvrage cité t. III, p. 402-409.

(41) C'est-à-dire Paris.

(42) La prise d'Étampes est du 1er juillet 1589 ;
le baron de Saint-Germain, qui défendait la ville
contre les troupes royales, eut la tête tranchée. —
Voyez Lestoile, *Journal de Henri III*, p. 298;
Palma Cayet, *Chronologie novenaire*, liv. Ier, t. Ier,
p. 155 et 156 ; Mézeray, t. III, p. 419.

(43) Pontoise se rendit, par capitulation, le
25 juillet 1589 (Lestoile dit le 26). — Voyez Lestoile, p. 299 et 300; Palma Cayet, ouvrage cité,
t. Ier, p. 156 ; de Thou, liv, XCVI, t. X, p. 660-

662 ; Mezeray, t. III, p. 420 et 421. Edme de Haute-
fort, qui commandait dans Pontoise pour la Ligue,
y fut tué le 12 juillet. André de Rossant écrivit sur
sa mort un opuscule en vers, fort rare, dont voici le
titre : *Le tombeau et discours de la vie et mort
honorable du vaillant et généreux seigneur, Edme
de Haultefort, luy vivant chevalier de l'ordre, capitaine de 5o hommes d'armes, conseillier au Con-
seil d'Estat, gouverneur de la ville de Verdun,
lieutenant general au gouvernement de Champaigne, Brye et du haut et bas Lymosin, et comman-
deur général pour la Saincte Union en la defence
de Pontoise, où il est decedé le 12 jour de julliet,
en ceste année 1589.* Paris, Pierre Mercier, 1589,
in-8 de 15 pages.

(44) La prise du pont de Saint-Cloud est du
31 juillet 1589, selon Palma Cayet (Mézeray donne
la date du 3o). — Voyez Palma Cayet, t. Ier, p. 159 ;
Mezeray, t. III, p. 422.

(45) Jacques Clément, l'assassin de Henri III,
était, comme on sait, un moine Jacobin. Les écrivains contemporains varient sur son âge ; on lui
donne 22, 23, 24, 25 et même 28 ans (Lestoile,
édition Champollion, p. 3oo, le dit âgé de *vingt
trois à vingt quatre ans*). Un grand nombre de
chansons et de vers furent faits en l'honneur du
régicide. On trouvera quelques-unes des chansons,
tant pour que contre, dans le *Recueil de chants*

historiques français, publié par M. Le Roux de Lincy,
Paris, Gosselin, 1841-1842, 2 vol. in-12, t. II,
p. 457-479. Nous citons ici, pour rompre la mono-
tonie et l'aridité de ces notes, quelques vers com-
posés à la louange du meurtrier ; nous choisissons
de préférence les pièces les moins connues.

I

SONNET

Ce pere tout puissant, plein de toute clemence,
Qui bening sans siller sur nous jette les yeux,
A voulu qu'un Clement, d'un coup industrieux,
Au besoin mist à mort le tyran de la France.

Jadis au bon Noé il donna delivrance,
Se sauvant dans sa nef des flots impetueux ;
Par deux petits pasteurs il sauva les Hebreux,
Par Judith Bethulie il osta de souffrance.

Moyse faict sauver le peuple dans la mer,
Et David au combat, sans se vouloir armer,
Du geant Goliat chastie l'arrogance.

C'est beaucoup que cela, mais bien plus excellent
Est le salut donné aux François par Clement,
Qui d'un coup a tué le grand monstre de France.

> (Au verso du titre de : *Le martyre de frère
> Jacques Clement, de l'ordre S. Domi-
> nique, etc...* Paris, Robert Le Fizelier, 1589,
> in-8 de 72 pages, plus 1 feuillet non chiffré.)

II

QUATRAIN

Le jour des massacres à Blois
Estoit la feste sainct Clement,
Et à Sainct Clou le mot Clement
Quand Clement tua de Vallois.

(Ibidem.)

III

SCIZAIN DE LA MORT INOPINÉE DE HENRY DE VALOIS

L'an mil cinq cens quatre vingts neuf,
Fut mis à mort d'un couteau neuf
Henry de Vallois roy de France,
Par un Jacobin qui expres
Fut à S. Clou pour de bien pres
Luy tirer ce coup dans la pance.

Telle vie telle fin.

(Au v⁰ de la p. 15 de : *Discours veritable de*
l'estrange et subite mort de Henry de Va-
lois, advenue par permission divine, etc...
Paris, Didier Millot, 1589, in-8 de 15 pages.)

IV

Un Jacobin, nommé frere Jaques Clement,
Considérant le mal qu'Henry faisoit en France,

Luy porta une lettre, et alors promptement
Luy donna d'un cousteau au travers de la pance.

> (*L'Histoire au vray de la victoire obtenue par*
> *frère Jaques Clement, religieux de l'ordre*
> *Saint Dominique, lequel tua Henry de Va-*
> *lois, le premier jour d'aoust 1589,* gravure
> sur bois in-folio, avec texte en vers et en
> prose. Au bas on lit : « A Paris, pour Anthoine
> Du Brueil. »)

V

Contemple icy (lecteur) frere Jaques Clement,
Qui exposa sa vie à la mort franchement,
Et pour l'honneur de Dieu et foy des catholiques
Tua Henry tyran, l'amy des heretiques.

A. Du Brueil.

> (Au bas d'un portrait sur bois de *F. Jaques*
> *Clement,* petit in-folio, avec légende en vers
> et en prose.)

VI

Qui monachi virtutem habitu simulaverat olim,
Hunc monachi virtus non simulata necat.

> (Page 3 de : *Effects espouventables de l'excom-*
> *munication de Henry de Valois et de Henry*
> *de Navarre, où est contenue au vray l'his-*
> *toire de la mort de Henry de Valois, et*
> *que Henry de Navarre est incapable de la*
> *couronne de France....* Paris, Nicolas Ni-
> velle et Rolin Thierry, 1589, in-8 de 29 pages,
> plus un feuillet blanc.)

VII

Henry, on te predisoit
Que tu mourrois en un cloistre,
Mais le devin s'abusoit,
Te voyant ainsi paroistre
Vestu de gris et tondu,
Feignant une vie austere,
Ou on a mal entendu
Pour un moyne un monastere.
Baste ! à peu près c'est le sort
Dont tu as l'ame ravie,
Car si moyne tu n'es mort,
Un moyne t'osta la vie.

(Ibidem, p. 3.)

VIII

SONNET

Paris, il te restoit pour esgaller ta gloire
A Rome et t'affranchir d'un tyran inhumain,
Qu'un Scevole françois le tuast de sa main,
Et d'un los immortel consacrast sa memoire.

Mais le tien a rendu son effect plus notoire
Que l'effort aveuglé du chevalier romain,
N'ayant point comme luy frappé son coup en vain,
Mais dressé beaucoup mieux le cours de sa victoire.

Scevole un secretaire au lieu du roy blessa :
Tu feis que le tyran abusé te pensa
Au lieu de son bourreau, estre un sien secretaire.

Sa hardiesse osa le faict d'un estourdy ,
Ton exploict est d'un homme et prudent et hardy
Il immola sa main, et toy la vie entière.

(*Ibid,, p.* 4.)

IX

[*France,*

Deux Henris , tous deux rois , sans royaume en la
En un mesme destin vont un pas merveilleux.
Tous deux sont fils de rois, qu'un mesme sang avance,
Et tous deux ont quitté le trac de leurs ayeulx.
Tous deux sont ravageurs de nos pauvres provinces,
Et tous deux sont bourreaux de bons et nobles princes,
Et tous deux n'ont de Dieu, n'ont de foy, n'ont de loy.
Tous deux gastent l'Eglise, affoiblissent la foy ;
Tous deux rompent promesse, embrassans le mensonge
Et tous deux la vertu ne pense [1] *estre qu'un songe.*
Tous deux sales paillards, incestes, nais au mal,
Et tous deux sont frappez par le foudre papal.
Mais l'un cachoit son vice, et l'autre en fait la
[*monstre ;*
L'un faisoit du bigot, l'autre est sans fard un monstre ;
L'un par un moine est mort, et l'autre mourera [2]
Par la main d'un bourreau qui le couronnera.

(*Ibid.,* p. 28.)

---

[1] Licence poétique pour *pensent.*
[2] Autre licence pour *mourra.*

(46) Charles de Lorraine, duc de Mayenne, né le
26 mars 1554, mort à Soissons le 3 octobre 1611
(M. René de Bouillé dans son *Histoire des ducs de
Guise*, t. IV, p. 362, donne la date du 4).

(47) François de La Noüe, dit *Bras de fer,* né
en 1531, mort le 4 août 1591 d'une blessure reçue
au siége de Lamballe (Lestoile le fait mourir à tort
eu 1592). — Voyez sur lui Palma Cayet, *Chronologie novenaire,* liv. III, t. Ier, p. 328 et 329; de
Thou, liv. CII, t. XI, p. 396-398; Moïse Amirault,
*La vie de François seigneur de la Noue, dit Bras
de fer,* Leyde, Jean Elsevier, 1661, in-4°; Haag, *La
France protestante,* 1846-1859, 10 vol. in-8°, t. VI,
p. 280-296; A. Sayous, *Etudes littéraires sur les
écrivains français de la réformation,* Paris, Cherbuliez, 1854, 2 vol. in-12, t. II, p. 139-176.

(48) Henri d'Orléans, duc de Longueville, né en
1568, blessé à Dourlens (Doullens) d'une salve de
mousqueterie tirée en son honneur, et mort de sa
blessure à Amiens, au mois d'avril 1595. — Voyez
Lestoile, *Journal de Henri IV,* p. 261; Palma Cayet,
Chronologie novenaire, liv. VII, t. II, p. 11; de Thou,
liv. CXII, t. XII, p. 377 et 378; Raoul Bouthrays
(Botereius), De rebus in Gallia gestis, etc., t. Ier,
p. 143 et 144; Le Laboureur, *Additions à Castelnau,*
t. II, p. 652 et 653; Pinard, *Chronologie historique
militaire,* Paris, Claude Herissant, 1760-1778,
8 vol. in-4°, t. Ier, p. 363-365.

7

(49) L'hôtel de Gondi étoit situé dans le faubourg Saint-Germain ; il s'appela depuis l'hôtel de Condé. — Jérôme de Gondi, possesseur de cet hôtel, ainsi que d'une magnifique maison à Saint-Cloud (ce fut plus tard le château de Saint-Cloud), mourut le dernier jour de février 1604, à l'âge de 75 ans. — Voyez sur lui la plaquette intitulée : *Apotheose ou oraison funebre sur le trespas de messire Hierosme de Gondy, chevalier d'honneur de la Royne, par M. Jean-Baptiste du Val, advocat en Parlement à Paris et secretaire de sa Majesté*. Au faux-bourg S. Germain lez Paris, par Fleury Bourriquant, en la rue Neufve, au coin de la rue du petit lyon, MDCIIII (1604), in-8° de 30 pages, plus 1 feuillet blanc.

(50) Nicolas Potier, sieur de Blancmesnil, conseiller du Roi en ses conseils et président en sa cour de parlement, né en 1541 à Paris, mort le 1ᵉʳ juin 1635, à l'âge de 94 ans : il fut enterré dans la chapelle de l'église des Saints-Innocents de Paris. — Voyez François Blanchard, *Les Presidens au mortier du Parlement de Paris*, Paris, Cardin Besongne, 1647, 2 parties in-folio, Iʳᵉ partie, p. 305-307 (Blanchard le fait mourir à tort le 1ᵉʳ juin 1634).

(51) Je n'ai pu trouver le nom de ce lieutenant du Guet dans les ouvrages contemporains. — Sur le Guet et sur le chevalier du Guet qui le commandait, voyez de La Mare, *Traité de la Police*, Paris, 1705-1738, 4 vol. in-folio, t. Iᵉʳ, p. 234-246 ; Jacques

Brillon, *Dictionnaire des arrêts ou jurisprudence universelle des Parlemens de France,* Paris, Guillaume Cavelier, 1727, 6 vol. in-folio, t. III (au mot *Guet*), p. 551-554 ; Hurtaut et Magny, *Dictionnaire historique de la ville de Paris et de ses environs,* Paris, Moutard, 1779, 4 vol. in-8°, t. III, p. 194-198.

(52) La forme la plus commune et la plus répandue de ce mot est quartenier ; on disait aussi *quartinier.* Le mot quaternier manque dans le *Dictionnaire de la langue française* de Littré. — Voyez l'intéressante brochure de M. Georges Picot : *Recherches sur les quartiniers, cinquanteniers et dixainiers de la ville de Paris,* Paris, 1875, in-8° de 39 pages.

(53) Charles de Savoie, duc de Nemours, fils de Jacques de Savoie duc de Nemours et d'Anne d'Este, né en février 1567 et mort, suivant de Thou, à Annecy en Savoie, le 13 août 1595 (les biographies le font mourir à tort en juillet). — Voyez Lestoile, *Journal de Henri IV,* p. 265 ; Palma Cayet, *Chronologie novenaire,* liv. VII, t. II, p. 29-32 ; Estienne Pasquier, lettre XI du livre XVIII (t. II, col. 533-536) ; de Thou, *Histoire,* liv. CXIII, t. XII, p. 462 et 463 ; Botereius, ouvrage cité, t. Ier, p. 167.

(54) La prise des faubourgs de Paris par Henri IV eut lieu le jour de la Toussaint, 1er novembre 1589. — Voyez sur cet événement la relation ligueuse inti-

tulée : *La temeraire entreprise du prince de Bearn sur
la ville de Paris, avec l'heureux secours de monseigneur le duc du Mayne, et courageuse defence des
habitans de ladite ville, ensemble la vendition qu'il a
faicte des villes à l'Anglois*. Paris, Didier Millot, 1589,
in-8° de 20 pages ; Lestoile, *Journal de Henri IV*,
p. 7 ; Palma Cayet, *Chronologie novenaire*, liv. Ier,
t. Ier, p. 193 et 194 ; de Thou, liv. XCVII, t. XI,
p. 32-36 ; Sully, *Œconomies royales* (dans la collec-
tion Michaud et Poujoulat), t. Ier, ch. xxix, p. 73
et 74 ; d'Aubigné, *Histoire universelle*, édition de
1626, in-folio, t. III, liv. III, ch. iv, col. 308-310 ;
Davila, *Histoire des guerres civiles de France*,
1757, 3 vol. in-4°, t. II, p. 518 et 519 (liv. X); Baptiste
Legrain, *Decade contenant la vie et gestes de Henry
le grand*, Paris, Laquehay, 1614, in-folio, p. 197-201;
Malingre, *Les annales générales de la ville de Paris*,
Paris, Pierre Rocolet, 1640, in-folio, p. 356 et 357;
Mezeray, *Histoire de France*, Paris, Guillemot,
1643-1651, 3 vol. in-folio, t. III, p. 735 et 736;
Felibien, *Histoire de la ville de Paris*, 1725, 5 vol.
in-folio, t. II, p. 1185-1187.

(55) Pour *Saint-Sulpice*.

(56) Edme Bourgoing, prieur des Jacobins de
Paris, exécuté à Tours le 23 février 1590, comme
fauteur et complice de l'assassinat de Henri III. Il
avait été le confesseur de Jacques Clément. On lui
attribue un écrit en l'honneur du régicide, intitulé:

Discours veritable de l'estrange et subite mort de Henry de Valois, advenue par permission divine, luy estant à S. Clou, ayant assiegé la ville de Paris le mardy premier jour d'aoust 1589, par un religieux de l'ordre des Jacobins. A Paris, chez Didier Millot, près la porte Sainct Jacques, avec permission, 1589, in-8° de 15 pages (réimprimé dans Cimber et Danjou, *Archives curieuses de l'histoire de France,* 1834-1840, 27 vol. in-8°, t. XII, 1re série, p. 383-390). — On peut consulter sur Bourgoing : *Le martire et cruelle mort du prieur des Jacobins de Paris, faict à Tours le 23 de fevrier 1590, ensemble la cruauté faicte envers une dame devote et sa chambriere dans ladite ville de Tours.* Jouxte la coppie imprimée à Orléans, pour Jacques Lucas, colporteur, avec permission, sans date (1590), in-8° de 13 pages ; Lestoile, *Journal de Henri IV,* p. 12 ; Palma Cayet, *Chronologie novenaire,* liv. Ier, t. Ier, p. 163 et 164; de Thou, liv. XCVIII, t. XI, p. 112-114; Labitte, *De la démocratie chez les prédicateurs de la Ligue,* Paris, 1841, p. 83 et 84.

(57) Le jeudi 2 novembre 1589.

(58) Oudin Crucé, procureur au Châtelet (Pasquier, lettre II du liv. XVII le dit *procureur en cour d'église*), capitaine au quartier de l'Université, et l'un des Seize. C'était un fougueux ligueur. On le trouve sans cesse debout et au premier rang dans toutes les journées de trouble et de sédition de cette

époque. Le 2 septembre 1587 il excite l'émeute de
Saint-Séverin ; en 1588, il prend les armes aux barricades; en novembre 1589, il poignarde les politiques et les traîne à la rivière sans autre forme de
procès ; le 15 novembre 1591, il est un des juges
du président Brisson ; le jour de la réduction de
Paris (22 mars 1594) il essaye d'organiser la résis-
tance. Henri IV le chasse de la capitale comme un
perturbateur incorrigible. Enfin, le 11 mars 1595,
il est rompu en effigie sur la place de Grève, comme
coupable du meurtre et de l'assassinat du président
Brisson et des conseillers Larcher et Tardif. Depuis
ce temps on perd ses traces.

(59) François Cotteblanche, marchand drapier,
élu échevin le 17 mai 1588, après la journée des
barricades. — Quoi qu'en dise l'auteur de l'opuscule que nous réimprimons, il ne mourut pas en
Grève et ne fut point pendu. D'après notre relation
ligueuse, Cotteblanche, au moment d'être exécuté,
aurait dénoncé une quarantaine de politiques, dont
trente auraient été pendus le mardi et samedi
d'après la Saint-Martin et les dix autres noyés la
nuit suivante. Or le mardi et le samedi qui sui-
vent la Saint-Martin (c'est, comme on sait, le 11 novembre) tombaient en l'année 1589 le 14 et 18 du
mois, et nous voyons dix jours plus tard, c'est-à-
dire le 28, Cotteblanche signer, avec le prévôt des
marchand et les autres échevins, une requête aux
membres du Parlement chargés d'instruire le procès

du président de Blancmesnil, qu'on avait arrêté
comme politique et comme accusé d'avoir voulu
livrer la ville de Paris à Henri IV, lors de l'attaque
des faubourgs (1ᵉʳ novembre 1589). Voyez Félibien,
Histoire de la ville de Paris, 1725, 5 vol. in-folio,
t. V, p. 465 et 466. Cotteblanche était donc alors
parfaitement vivant. Il existait encore le 24 juillet 1590, ainsi que le constate le recueil manuscrit
de la bibliothèque de l'Arsenal, intitulé : *Mémoires
du Parlement*, in-folio, t. XIX, feuillet 491.

(60) Les mardi 14 et samedi 18 novembre 1589.

(61) Nous avons déjà parlé du président Potier
de Blancmesnil (voir la note 50). Le danger était
très-sérieux pour lui, et ce qu'avance l'auteur
anonyme fut bien près de se réaliser. — « Le président Nicolas Potier de Blanc-Mesnil (dit Félibien)
courut aussi pour lors grand risque de sa vie. Les
Seize estoient persuadez qu'il entretenoit un parti
de royalistes dans Paris : en quoi ils ne se trom-
poient pas. Ils avoient déjà mis deux fois le président en prison, dont il s'estoit retiré par argent.
Mais dans cette dernière occasion ils l'entreprirent
vivement. On lui donna des commissaires pour lui
faire son procès, et la ville par une requeste du
28 novembre, signée Marteau, Rolland, Cotteblanche et des Prez, demanda à estre receue partie
civile dans l'instance criminelle. Un prince escrivit
à la ville en faveur du président et la menaça de

représailles, en cas que les choses fussent poussées
à l'extrémité. L'on a cru, lorsque l'on imprimoit
les preuves de cette histoire, que ce prince estoit le
duc de Montpensier; mais après avoir fait plus
d'attention à la response de la ville, qui parle de la
mère et de la femme de ce prince, comme estant
alors à Paris, on est obligé d'avouer qu'on s'est
trompé. La duchesse de Montpensier qui estoit à
à Paris n'estoit que la belle-mère de ce duc, et sa
femme estoit morte alors. Cela ne peut convenir
qu'au duc de Longueville dont la mère Marie de
Bourbon, et la femme Catherine de Gonzague vi-
voient et pouvoient estre à Paris. . . . . . .
. . . . On continuoit toujours à
faire le procès au président, et le Parlement de la
Ligue en estant enfin saisi, donna un arrest au mois
de janvier [1590], par lequel la ville estoit sommée
de déclarer en quelle qualité elle s'estoit rendue inter-
venante. Le prevost des marchands et les eschevins
respondirent le 12 janvier 1590 qu'ils n'interve-
noient que comme personnes publiques, au cas que
s'il se trouvoit des preuves légitimes contre l'accusé,
ils pussent prendre contre luy les conclusions qu'ils
jugeroient à propos pour le général de la ville, sans
prétendre pour cela soustenir les procédures qui
n'estoient point faites à leur requeste. L'animosité
contre le président de Blanc-Mesnil estoit si grande,
qu'il estoit perdu sans ressource, s'il n'avoit trouvé
moien de s'enfuir à Chalons, où le Roy le mit à la
teste de la chambre qui y avoit esté establie. »

(Félibien, *Histoire de la ville de Paris*, 1725, t. II, p. 1186 et 1187).

Ecoutons maintenant le contemporain Legrain. Voici comment il s'exprime dans la *Decade de Henry le Grand*, liv. V, p. 201 et 202 : « Les factieux adjoustans aux sept pechez mortels ce huictiesme plus enorme de n'avoir point eu peur à la Toussaincts, se fascherent de voir que Monsieur Potier, sieur du Blanc-Mesnil, president en la Cour de Parlement, homme grave, recommandable pour la noblesse de sa maison, et sur tout pour son inviolable integrité, avoit ce jour là le visage plus riant que de coustume, par l'esperance qu'il avoit de l'entrée du Roy en la ville, à quoy ils adjoustèrent une parole qu'il peult bien avoir dite par l'ardeur de son zele et fidelité envers le Roy, à sçavoir que le Roy, estant logé aux fauxbourgs, avoit trois jeux et quarante cinq sur la partie, et à ces crimes on adjousta qu'il avoit dict simplement *le Roy*, sans dire *de Navarre*. Tellement qu'on luy mist la main sur le collet, on le traisna prisonnier au Louvre, qui de maison Royale avoit esté faicte prison d'honneur aux serviteurs du Roy, où on luy fit son procez comme à un politique et fauteur d'heretique. Je prie en cet androit monsieur le duc de Mayenne m'excuser si je dis qu'il eut grand tort d'endurer que l'auctorité des magistrats fust ainsi violée en sa presence contre un des chefs du premier Senat du monde. Je sçay qu'il me dira que je ne sçay pas si bien que luy comment les affaires

8

alloient lors, qu'il estoit contrainct d'en passer
quinze pour douze, et fermer les yeux devant la
felonie et barbarie des Seizes (*sic*). Mais je luy
diray aussi que la tolerance de cet acte, duquel il ne
faict point de cas, donnera l'audace à ces coquins
d'en entreprendre puis après un autre plus grand
qui le faschera, d'estrangler sans forme ni figure
de procez le deuxiesme, qui faisoit lors l'office de
premier president en ce parlement, et deux conseillers avec luy, et les exposer morts en place
publique vingt-quatre heures devant le peuple,
après les avoir estranglez en prison. Chose qui fut
autant des-agreable au duc que l'ambition de Cas-
tille lui estoit odieuse et importune! Donc le president du Blanc-Mesnil, prins en sa maison, est
mené prisonnier comme Aristide, parce qu'il estoit
trop homme de bien : il marche la teste droicte,
ayant la face riante comme Socrate, et se comporte
en sa prison comme le genereux Phocion. Mais il
ne mourut pas comme Phocion, car le Roy y donna
bon ordre, par les diligences de Monsieur Potier, son
frere, sieur de Gevre et secretaire d'estat. Il monstra
une merveilleuse constance en la confection de son
procez, par le mespris qu'il faisoit de ses parties,
de ses tesmoings et de ses juges, les mâtinant de
reproches qui leur faisoient baisser la teste, mons-
trant qu'il faisoit aussi peu de cas de la mort qu'ils
en faisoient de sa vertu. Ce pendant que par me-
naces et confrontations de faux tesmoings on le
pense intimider, on executoit à mort sur la place

de Greve Blanchet et Rafflin [1], bourgeois de la ville, pour avoir parlé avantageusement du Roy ce jour de Toussaincts. Autresfois à Rome on punit la sœur de Publius Claudius, fille d'Appius Cœcus, pour avoir parlé au des-advantage de la Republique, desirant que son frere vecust pour aller perdre encores une grande multitude de peuple, dans laquelle elle s'estoit trouvée empressée au theâtre des jeux publics : mais ce ne fut que d'une amende pécuniaire, quoy [que] le crime fust plus grand que cestuy-cy, que la Ligue punit de mort pour souhaiter du bien à son Roy. »

---

[1] Raphelin (c'est ainsi que ce nom est écrit par Lestoile), et Blanchet furent pendus en Grève, le premier, le mercredi 15 novembre 1589, et le second le lundi 20 même mois. Voyez Lestoile, *Journal de Henri IV*, p. 7 et 8.

PARIS
Imprimerie Motteroz
M. D. CCC. LXXVI.